Hideko et François Bertrand

Sur les routes d'Islande ... à 90 ans

BoD

*Du septième ciel aux confins de la mer
montent les soleils dansants devant les tentures ouvertes,
et les ondes de la mer de lumière, aux plis virevoltants,
déferlent et bouillonnent contre le rivage de l'ombre.*

Einar Benediktsson 1864-1940
Traduction Patrick Guelpa

En couverture : Région volcanique de Myvatn

Hideko et François Bertrand

Sur les routes d'Islande
... à 90 ans

BoD

Des mêmes auteurs :

L'Islande, 2013

Les recettes d'Hideko et François, 2013

Les safaris d'Hideko et François, 2013

Que notre monde est beau, 2014

© 2014, Hideko et François Bertrand

Edition : BoD - Books on Demand
12/14 rond-point des Champs Elysées, 75008 Paris
Imprimé par Books on Demand GmbH, Norderstedt, Allemagne
ISBN : 9782322038985
Dépôt légal : octobre 2014

Landmannlaugar : quatre randonneurs au pied du sentier

L'Islande nous est devenue familière au cours de trois voyages précédents, et nous la considérons comme l'une de nos destinations préférées parmi les nombreux voyages entrepris à deux en 67 ans de mariage. Nous avons voulu y retourner pour visiter encore deux régions que nous n'avions pas parcourues jusqu'ici, à savoir le centre désertique et les fjords situés à l'extrémité nord-ouest de l'île.

C'est chose faite. Voici le récit de ce périple que nous avons réalisé par petites étapes, compte tenu de nos capacités physiques qui ne sont plus celles d'autrefois. Et comme chaque fois, nous sommes rentrés émerveillés.

Le parcours

Aéroport de Keflavik

Reykjavik

Hrauneyjar via Selfoss et Hella

Excursion à Landamannalaugar

Akureyri via Goäafoss

Sykkisholmur via Hvammstangi, Bæjarhreppur et Býdardalur

Flókalundur

Excursion à Látrabjarg

Thingeyri via Dynlandii

Isafjöräur, Bolungarvik

Excursion à Suäureyri

Heydalur via Sýdavik

Hólmavik

Bifröst

Reykjavik

Aéroport de Keflavik

Hideko, 1924

François, 1923

Le parcours

Vendredi 15 août 2014

Vol le soir avec Swiss de Genève à Francfort, puis Lufthansa pour Keflavik où nous atterrissons avec un peu de retard en pleine nuit à 00h30. Le grand avantage des menus maux de l'âge est de bénéficier de l'assistance dans les aéroports qui évite la longue station debout dans les queues et les trajets à pied parfois très conséquents. Les personnes qui nous accompagnent en poussant le fauteuil roulant sont toujours très aimables et prévenantes, c'est un vrai plaisir de voyager ainsi ! A Keflavik, le Flybus nous transporte en 40 minutes environ à la gare routière de Reykjavik, puis nous grimpons dans un minibus pour rejoindre l'hôtel. Il est presque deux heures du matin.

L'hôtel Reykjavik Centrum, ouvert en 2005, est situé en plein centre de la vieille ville de Reykjavik où il occupe trois immeubles du 18e siècle fort bien aménagés. Pendant les travaux de l'hôtel, des vestiges archéologiques ont été découverts qui datent sans doute de la première colonie. Ce serait peut-être même les restes de la maison d'Ingólfur Arnason, le premier Viking à s'installer de façon permanente en Islande vers l'an 870 et à nommer l'endroit Reykjavik, la « baie des fumées ». Ces vestiges font maintenant partie d'un musée de la colonisation installé sur place, directement sous l'hôtel.

Samedi 16 août

Le voyage d'hier soir n'était pas pénible, mais un peu fatigant tout de même. Une journée de repos n'est pas de trop. Nous faisons juste un petit tour en ville à pied, le vent est puissant et frais. Nous sommes à la mi-août, mais incontestablement au Nord.

Sur la place à l'entrée de la vieille ville, une colonne d'affichage très spéciale fait paraît-il partie du patrimoine. Elle a une porte et un petit bureau à l'intérieur, où l'on vend des « petits soleils ». Il s'agit une invention de l'artiste Olafur Eliasson, aidé de l'ingénieur Frederik Ottesen, à savoir une petite lampe LED qui fonctionne avec une batterie solaire. Tenue cinq heures en pleine lumière du

La colonne d'affichage aux «petits soleils»

jour, elle diffuse sa lumière pendant plus de trois heures. Chaque achat d'une telle lampe dans nos pays permet de la distribuer à très bas prix dans les communautés ne disposant pas d'électricité. Elle y rend de grands services, notamment aux écoliers et étudiants. Une belle réalisation !

En face de notre hôtel, il y a aujourd'hui grande animation dans un petit marché d'artisanat et de victuailles sous tentes avec bistrots. Cela ressemble en miniature au célèbre Viktualienmarkt de Munich. La bière y coule aussi à flots.

Dimanche 17 août

Pour une fois, le réveil et le petit déjeuner sont vraiment précoces, le taxi vient à 7h15 pour nous mener à la gare routière. Le bus qui fait la grande traversée Sud-Nord de l'Islande par la route de Sprengisandur n'est pas facile à trouver parmi la dizaine de bus qui sont là. Même un employé de la gare ne sait pas où il est. Forcément, il est seulement en train d'arriver !

Départ vers huit heures, à peu près comme prévu. Il n'y a qu'une dizaine de passagers. Bref arrêt à Hveragerdi, où trois Japonaises se font indiquer le chemin vers les serres chauffées par l'eau volcanique qui fournissent une bonne partie des légumes du pays. Un arrêt aussi à Selfoss à la station-service sur la route n° 1 avec échange de quelques passagers, puis à Hella, 36 kilomètres plus loin, toujours à la station-service. Là, pour une raison obscure, on nous demande de changer de bus, mais nous pouvons nous installer à l'avant, d'où la vue est parfaite. Quatre randonneurs et leur matériel sont montés à bord. Ils discutent avec le chauffeur, carte à l'appui, pour lui montrer l'endroit où il faudra les déposer.

Les choses sérieuses commencent. Nous avons de la chance, le temps est splendide. Voici la route 26 qui traverse le pays et dont à peine dix pour cent sont goudronnés. Le reste est en gravier, assez correct pour l'instant.

Au loin vers l'est se montre la coupole blanche de l'Eyjafjallajökull, glacier d'où émerge le volcan dont l'éruption en 2010 a gravement

Le volcan Hekla apparaît

Début du désert minéral

troublé le trafic aérien. Le bus s'arrête en rase campagne. Les randonneurs nous quittent et prennent un sentier qui s'enfonce dans les collines à droite. La végétation se fait rare, la roche affleure partout, noire et rouge foncé. Nous longeons à distance respectable le mont Hekla, un volcan redoutable qui a fait des siennes autrefois. Pendant longtemps, les gens croyait qu'il était la porte de l'enfer et de fait, ses nombreuses éruptions ont produit l'un des plus grands volumes de lave au monde durant le dernier millénaire, notamment en 1104 et en 1947.

Voici le haut plateau. En fait, il n'y a guère d'endroits qui soient plats. C'est plutôt une succession de collines et de vallons parfaitement nus, parfois aux parois abruptes, couverts de pierres, de lave, parsemés ici et là de gros blocs. Tout autour, des sommets assez élevés, entre 1500 et 3000 mètres. Très au loin se profile l'immense glacier Vatnajökull, le plus vaste d'Europe, sa superficie est d'environ 8300 km^2.

Nous arrivons à 11h à notre première étape, Hrauneyjar, hôtel/guesthouse au milieu de nulle part sur la plaine de cailloux. A l'extérieur, le tout a l'air d'une grande baraque de chantier en bois foncé. A se poser des question quant à l'hébergement. Mais à l'intérieur, la salle est chaleureuse et nous voyons avec plaisir que notre chambre est moderne et remarquablement bien aménagée.

Nous faisons connaissance ici avec la tradition islandaise d'enlever ses chaussures à l'intérieur. C'est compréhensible lorsqu'on voit la boue qu'il peut y avoir dehors et que l'on pense combien il doit être frustrant de continuellement nettoyer le parquet. Ici toutefois, des housses en plastique disponibles à l'entrée permettent aux touristes de passage de ne pas salir les lieux tout en conservant leurs chaussures aux pieds.

Nous sommes un peu troublés en déposant nos bagages. Après un en-cas à midi, il n'y avait ici strictement rien de particulier à faire, sans véhicule pour aller voir les environs, sinon lire, consulter la carte et faire la sieste.

Mais c'est vrai, il vaut mieux se reposer un peu, car les deux journées suivantes promettent d'être rudes.

Roches de couleur

Rencontre sur la route

Lundi 18 août

Notre superjeep louée pour la journée se pointe, un vrai véhicule tout-terrain aux roues surdimensionnées. Le chauffeur a heureusement prévu un marchepied pour Hideko, car elle n'est pas bien grande, et la garde au sol de la voiture est élevée.

En route par temps splendide pour Landmannalaugar. La F208 part à droite vers ce massif au relief extrêmement tourmenté. On ne nous a pas menti. Le paysage est époustouflant, il évoque les débuts de notre monde au stade minéral. On y voit des cônes volcaniques noirs et rougeâtres sur la plaine de cendres, des pentes ocre, vertes, jaunes. C'est une succession de roches de toutes teintes, de blocs et arêtes de lave aux formes bizarres. Comme le ciel est limpide, les petits lacs scintillent en bleu roi intense. Les seuls végétaux capables de survivre sur ces cailloux, totalement exempts d'humus, sont des mousses vertes et jaunes, parfois fluorescentes. De temps en temps, toutefois, apparaît dans un creux protégé une plante timide aux petites fleurs roses ou jaunes. Un signe d'espoir, peut-être que dans quelques centaines d'années, la végétation aura formé de l'humus et se sera développée ... pour autant que les volcans daignent la laisser en paix.

A Landmannalaugar même, à la bifurcation des vallées, se trouve une place de camping bien visitée. Il y a de l'herbe sur ce terrain plat. Le « must » est paraît-il la trempette dans le trou d'eau chaude à proximité, à une température d'à peu près 40 degrés toute l'année. Les randonneurs, quant à eux, trouvent ici largement de quoi les satisfaire, les sentiers abondent. Mais il est interdit de circuler en voiture hors piste pour ne pas abîmer cette nature à l'équilibre fragile, où chaque touffe végétale est précieuse.

Nous empruntons ensuite une piste caillouteuse et cabossée, assez acrobatique par endroits. Elle tournicote, se faufile, grimpe et descend, traverse les rivières à gué, toujours dans ce décor dantesque et admirable de teintes et de formes, puis passe à l'arrière du mont Hekla pour finalement aboutir à la route 26.

Cinq heures de piste à donner le vertige, mais quelles splendeurs dans un environnement presqu'exclusivement minéral !

Le ciel est bleu, le lac aussi

La route tournicote, grimpe et plonge

Landmannalaugar

Mundafell

Terre stérile

La piste se faufile dans les replis du terrain

Mardi 19 août

Ce matin à 11 h, notre bus vers le nord arrive à l'heure. Il fait encore beau, le temps est clair, même si le soleil est un peu voilé. La route 26 du Sprengisandur est asphaltée sur un petit bout, puis elle commence à gentiment nous secouer. Cela va durer nous sur plus de 200 km jusqu'à sa jonction nord avec la grand-route n°1. C'est d'ailleurs très impressionnant de voir ce long ruban qui se love devant nous le long des collines désertiques, passe les rivières à gué, monte et descend. A droite, le glacier Vatnajökull occupe l'horizon, à gauche, c'est le Hofsjökull.

Le paysage que nous avons sous les yeux est désolé, mais néanmoins magnifique de teintes et de reliefs. C'est le plus vaste désert d'Europe dont l'aspect particulier a incité la NASA à y entraîner ses astronautes en vue de leurs expéditions lunaires.

La terre a tremblé ces jours du côté du volcan sous-glaciaire Bardarbunga, situé sur les flancs du Vatnajökull. A l'hôtel, il était question d'une éruption possible ces jours-ci. Et de fait, toutes les pistes qui mènent vers l'est, vers le site volcanique assez couru d'Askya, sont barrées par des pierres et munies d'un grand avis de danger. Les autorités ont vite réagi, elles connaissent les volcans et ont immédiatement tout mis en œuvre pour éviter les accidents. La région est sous alerte, elle ne comprend certes pour ainsi dire aucun habitant et peu de moutons, mais elle est parcourue par des randonneurs et des pistards qui négligent fréquemment les conseils de prudence et se mettent ainsi en péril. C'est pourquoi il convient en outre de survoler la zone pour repérer les téméraires et leur faire reprendre raison.

Pour le moment, tout est calme, aucun panache à l'horizon. Cela va d'ailleurs bientôt changer.

Le bus s'autorise une petite halte au refuge de Nyidalur, un site avec peu de verdure au pied d'un petit glacier, le Tunggnafellsjökull. Et voici qu'apparaît un cycliste qui met ici pied à terre. Sur son porte-bagage et même son guidon, il y a tout son attirail de campeur chevronné. Il faut décidément avoir la foi pour se lancer seul dans une telle aventure.

Au loin, l'immense Vatnajökull

Refuge de Nyidalur

Plusieurs petits arrêts encore sur la route isolée. A chaque fois, notre chauffeur descend et ausculte la roue arrière. Il y a semble-t-il un problème. Mais ce n'est pas grave, on continue.

Encore un arrêt au point de vue dominant la belle chute d'Alneyjar. Le sentier pour aller l'admirer de plus près est un peu scabreux et la différence de niveau assez respectable pour hésiter à s'y engager, d'autant plus que le temps nous est compté.

C'est du reste avec retard que nous arrivons à Goäafoss, où nous avions donné rendez-vous à un taxi qui doit nous mener à Akureyri à l'ouest, le car partant lui vers Myvatn à l'est. Nous croisons le taxi en arrivant, il partait à notre recherche !

Goäafoss, la « chute des dieux » située juste à l'écart de la route N1 sur la rivière Skjálfandafljót, est l'une des plus grandes et célèbres cataractes d'Islande. C'est là qu'un jour de l'an 1000, alors que l'Alþing, le parlement viking, venait d'adopter le christianisme, le promoteur de cette décision, þorgeir þorkelsson, montra l'exemple en jetant les anciennes idoles nordiques dans le tourbillon des eaux. Nous avons visité le site quelques années auparavant et n'éprouvons aucune envie de nous y attarder cette fois-ci après nos six heures de route cahoteuse.

Près d'une heure plus tard, enfin, fourbus, mais les yeux encore pleins de paysages lunaires et envoûtants, nous entrons dans le bel hôtel Icelandair d'Akureyri.

Quelques mots sur les volcans d'Islande.

Le pays compte une bonne centaine de volcans actifs qui émettent fumées et vapeurs, mais seuls quelques-uns entrent de temps en temps en éruption. En revanche, de vastes terrains contiennent des sources chaudes, des flaques bouillonnantes, il est parfois risqué de s'y aventurer. Les Islandais ont l'habitude de côtoyer ces phénomènes, ils ne s'effraient pas, mais ne surveillent pas moins très étroitement l'activité géologique. Les vraies éruptions, dont les immenses champs de lave sont témoins, concernent surtout les terres inhabitées du centre. Toutefois, les émissions de cendres

Des jambes, de l'endurance et de la persévérance

peuvent beaucoup gêner l'alimentation du bétail lorsque les prés en sont recouverts sur plusieurs centimètres d'épaisseur. En mai 2011, le Grimsvötn par exemple a produit dans les hauteurs une couche de quatre à six mètres de cendres que le vent a éparpillées longtemps dans la plaine côtière. Nous avons passé dans la région quelques mois plus tard, il fallait toujours traverser un nuage de cendres qui balayait la route.

Certains volcans toutefois s'avèrent plus dangereux encore, ce sont les sous-glaciaires susceptibles de faire fondre de grandes quantités de glace, ce qui provoque alors le « Jökulhlaup », la débâcle glaciaire qui dévale vers la mer. En 1996, une éruption sous le Vatnajökull a produit un brusque débit énorme, soit 40'000 m^3 d'eau par seconde, 5 m de haut sur 50 km de large. Les flots ont détruit la route, coupé les ponts et gravement endommagé la région côtière. En 2010, l'éruption de l'Eyjafjöll a provoqué des jökulhlaups plus faibles, mais c'est le panache de vapeur et de cendres qui a entravé le trafic aérien.

A ce propos, La seule inquiétude en Europe continentale semble être l'obscurcissement du ciel qui empêche les avions de circuler. Les flots de lave et les dégâts des jökulhlaups sont ignorés, sauf peut-être lors de leur rapide apparition à la télévision.

Cette activité volcanique intense a cependant de sérieux avantages. L'Islande n'a aucun besoin de centrales nucléaires et ne nécessite que relativement peu de combustibles fossiles, car ses cours d'eau et ses volcans assurent l'essentiel de sa consommation énergétique. Le chauffage des locaux, par exemple, est en grande partie assuré par des conduites d'eau chaude.

Comme les Japonais qui vivent aussi à proximité des volcans, les Islandais sont férus de bains chauds et profitent de toutes les occasions pour faire trempette dans un environnement si possible extérieur, piscine naturelle ou bacs à l'eau courante chaude disposés en dehors des habitations ou hôtels. Sur la péninsule de Reykjavik, le « lagon bleu », en fait le lac artificiel alimenté par l'usine géothermique, est une station thermale réputée que fréquentent avec plaisir Islandais et touristes.

Moussse jaune

Mousse verte

Mercredi 20 août

Akureyri est la « capitale du nord », une petite ville d'à peine 20'000 habitants, à 50 km du cercle polaire. Le port est très actif, deux grandes pêcheries ont ici leur siège social, de même que la plus importante brasserie d'Islande. De temps en temps, un grand navire de croisière y fait escale. C'est alors le spectacle incongru d'un monstre marin dominant de plusieurs étages tous les bâtiments alentour. Les baleines ne doivent guère apprécier cette présence. Les amoureux de la nature non plus.

Grâce aux courants marins, le climat de la région d'Akureyri est relativement doux en dépit de sa situation géographique et présente peu de variations, le fjord notamment est libre de glace durant toute l'année et les montagnes proches protègent la ville et son port naturel, lequel est essentiellement dédié à la pêche. Les terres sont fertiles et les produits agricoles prennent une part non négligeable dans l'économie de la région.

A noter que l'Eyjafjöräur, l'un des plus longs fjords d'Islande avec ses 60 kilomètres, recèle une faune intéressante. Baleines, dauphins et orques apprécient les eaux profondes riches en nourriture et peut-être aussi, nous sommes en Islande, la source qui crache de l'eau chaude à 70 m sous la surface.

Quant à nous, nous profitons ici d'une journée de repos qui n'est pas de trop après les routes et pistes des derniers jours.

Jeudi 21 août

Chez Dollar/Thrifty (qui appartient à Hertz), nous louons une Ford Fiesta qui est parfaitement apte à parcourir la région des fjords de l'Ouest vers laquelle nous nous dirigeons sur la grand-route circulaire. D'une vallée à l'autre, sans beaucoup de dénivellations, le trajet coupe à leur base les péninsules qui s'avancent dans l'océan arctique. Petit détour à Varmahliä pour visiter la charmante petite église appelée Viäimýrarkirkja sous son toit isolant de tourbe. Elle a été édifiée en 1834, mais on sait qu'il y avait à cet endroit une église bien plus ancienne datant des premiers temps de la chrétienté

Akureyri : graffiti amusant

Moutons et frimas obligent, la laine est omniprésente

en Islande. D'ailleurs, l'autel et les cloches sont du 17e siècle. Cet édifice pourtant modeste est connu comme étant un modèle de l'architecture religieuse islandaise d'autrefois.

A 180 km d'Akureyri, la petite route 715 mène à une grande ferme-gîte, Daeli Holiday Farm, qui nous abritera pour la nuit. Il y a là toutes les possibilités de logement, du camping aux chambres parfaitement aménagées en passant par de petits bungalows dans la verdure.

Il est encore tôt dans l'après-midi, nous allons faire le tour de la péninsule Vatnsnes sur la route 711. A mi-chemin de la pointe, le rocher Hvitserkur se dresse les pieds dans l'eau au large de la côte. Il n'est pas visible de la route, ni même de la piste plus ou moins carrossable qui descend vers la mer. Il faut, pour admirer ce monolithe à la forme bizarre, suivre à pied le sentier qui y mène en quelques minutes.

La route longe la côte de très près. Nous ne croisons pour ainsi dire personne. De temps en temps, une ferme cossue apparaît, ou bien une cabane de pêcheur au bord de l'eau. Peu avant Hvammstangi, à Hindisvik du côté ouest de la péninsule, des phoques se prélassent au soleil sur les rochers dans la baie. Ils sont hélas un peu loin pour qu'on puisse leur tirer le portrait, même avec l'objectif de 500 mm.

Près de Daeli se trouve la gorge de Kolugljýfur et la très belle chute de Kolufossar. A en croire la légende, le canyon a été creusé par la redoutable ogresse Kola qui serait enterrée pas loin de là avec son trésor. Une sépulture que nul n'a jamais trouvée. Cette vallée plate de Viäidalur est un eldorado pour le sport et l'élevage équestre. Les quelques maison d'hôtes tels que Daeli ou Gauksmýri offrent bien entendu des randonnées à cheval.

Vendredi 22 août

A déguster le petit déjeuner très copieux et frais, on remarque la proximité de la ferme qui fait son propre pain, produit son lait et sa charcuterie.

La charmante petite Viäimýrarkirkja

Profil montagneux

Au bout du Hrýtafjöräur, nous quittons la belle route 1 pour la 59 et la 54 en gravier. Dans la lande parcourue d'une rivière, quelques rares maisons, des moutons, des chevaux islandais magnifiques. Puis vient la côte du Hvammsfjöräur et la multitude de petites îles (environ deux mille) à son embouchure dans le vaste Breiäafjöräur.

Au bout d'une petite presqu'île sur la côte nord de la péninsule de Snæfellsnes, voici la ville de Stykkisholmur, 1200 habitants, qui est devenue une destination prisée des Islandais. Grâce à des édiles dynamiques, elle est remarquablement écologique, la première du pays à trier ses déchets, la première dont le port a reçu le prestigieux écolabel Pavillon Bleu. Plus fort encore, l'eau chaude volcanique qui chauffe la ville est réinjectée dans le sol après usage pour éviter un gaspillage inutile.

Symbole de cette attitude moderne et ouverte, l'église sur son promontoire, d'une architecture audacieuse, lance vers le ciel un clocher parabolique et ajouré. Une autre illustration de cette attitude est fournie au restaurant où l'on déguste des moules et du poisson du fjord, servis dans une vaisselle de la poterie locale et arrosés de bière brassée ici.

Samedi 23 août

A neuf heures, nous montons avec la voiture sur le ferry Baldur qui traverse le très large Breiäafjöräur pour Brjanslækur au sud des fjords de l'Ouest avec une brève escale à l'île de Flatey. C'est là un outil remarquable de communication, car en évitant le tour du vaste fjord, il raccourcit considérablement le trajet entre les deux régions, élément important pour le développement de celle du nord. L'île de Flatey, la plus grande de toutes celles dont le fjord est parsemé, abritait autrefois un monastère renommé, important centre culturel. De nos jours, elle abrite de nombreuses résidences secondaires et est donc presque vide en hiver et très peuplée en été.

Le temps est gris, les nuages volent très bas, l'horizon est bouché, il n'y a pas grand-chose à voir. Le trajet dure ainsi 3h15 au chaud sans quitter le salon.

Cheval islandais à la belle crinière

Au port de Stykkisholmur

A huit kilomètres du débarcadère d'arrivée, l'hôtel Flókalundur nous accueille fort gentiment, soupe et pain à l'appui. Nous sommes ici sur le flanc sud de la région des fjords de l'Ouest, cette main que tend l'Islande vers le Groenland, en bordure de l'Océan arctique.

Le temps est ultratriste, il ne donne aucune envie de sortir. Nous apprenons par contre l'histoire édifiante de Floki Vilgeräarson que relate le « livre de l'occupation de la terre » (« Landnámabók ») manuscrit du 12e et 13e siècle. Ce Viking du 9e siècle était sans doute le premier à tenter s'installer avec des compagnons et du bétail dans cette île récemment découverte. Il avait trois corbeaux à bord qui lui servaient de pilotes pour détecter la terre et qu'il lâchait deux fois par jour. Un jour, l'un d'eux n'est pas revenu, il était resté à terre. C'est ainsi que fut découverte cette portion de l'île nommée depuis Flókalundur à la mémoire du pionnier.

Toutefois, ravi de cet été dans une zone verte au bord d'une eau poissonneuse, il négligea les réserves et tout son bétail périt en hiver. Rentré en Norvège après cet échec, il maudissait « l'île de glace », d'où le nom d'Islande. L'un de ses compagnons, en revanche, estimait que l'île avait ses bons et ses mauvais côtés, un autre débordait d'enthousiasme. Leurs propos ont incité les prochains pionniers à tenter l'aventure. Et surtout, ils ont servi pendant des siècles à illustrer pour les enfants les caractéristiques de l'imprévoyant, du pragmatique et du vantard.

Dimanche 24 août

Il faut se secouer et se rappeler qu'en Islande, « il suffit d'attendre quelques minutes pour que le temps change ». Nous partons donc en direction de l'ouest sur la route 62. Puis c'est la 612 assez cabossée vers Látrabjarg. Voici un chalutier échoué en 1981 à quelque distance de la plage. Exclu de pouvoir renflouer cette masse imposante couchée sur le flanc qui illustre on ne peut mieux la force d'une tempête dans cette région extrême. A Hnjótur, un coin perdu, il y a un « musée de l'aviation », à savoir des épaves de toutes sortes en plus ou moins bon état que le fermier local féru d'avions a réunies là.

Le fjord par temps maussade

Il suffit d'attendre un peu, le soleil revient

Le Látrabjarg correspond au Finistère des Français et au Landsend des Anglais. Mais ici, c'est vraiment l'extrémité occidentale de l'Europe entière, à 300 kilomètres de là se trouve déjà le Groenland.

Sur une dizaine de kilomètres, la falaise de parfois 400 mètres de haut se dresse au-dessus des flots battus par le vent, lequel souffle du reste tellement fort qu'on a de la peine à se tenir debout hors de la protection du petit phare, appelé « The West ». Il paraît que la falaise abrite des milliers d'oiseaux marins divers, macareux, mouettes, goélands, fulmars, guillemots, petits pingouins et autres. Mais aujourd'hui avec ce temps, nous n'en voyons guère, ils se terrent dans leur abris et ne se risquent semble-t-il pas à des atterrissages plus que hasardeux sur le rocher.

Dommage de ne pouvoir par ce temps ne serait-ce que s'approcher sans danger du bord de la falaise. Nous devons nous contenter de nous abriter dans la voiture.

A ce propos, la région du Látrabjarg a connu en décembre 1947 un sauvetage d'anthologie. Le chalutier anglais Dhoon s'est échoué sur les rochers, a perdu trois de ses marins et envoyé un signal de détresse. Les fermiers alentour se sont alors mobilisés pour sauver les douze marins survivants. Il leur a fallu descendre en rappel la falaise glacée à un endroit pas trop élevé, environ 70 mètres, suivre le rivage dans les rochers jusqu'à pouvoir atteindre le navire avec une corde, treuiller les marins jusqu'à la côte, puis les hisser à bout de corde sur la falaise, soit près de 24 heures d'efforts. Un film a été réalisé sur l'événement.

L'adage météorologique islandais est assez juste. Ici et là, la couverture nuageuse s'ouvre, laisse apparaître du ciel bleu, un brin de soleil, pour se refermer à nouveau, trop rapidement à notre gré. En bas, au bout d'une plage immense, le hameau de Breiäavik est déserté. C'est aussi presque le cas de l'hôtel-restaurant où nous prenons un café.

Ce n'est certes pas le meilleur jour pour visiter les lieux, mais l'impression de grandeur sauvage est extraordinaire. D'ailleurs, les souvenirs restent heureusement vivaces même lorsque les photos font défaut.

Rochers au Látrabjarg

Chevalier gambette d'Islande

Lundi 25 août

Départ vers le nord, la route 60 gravillonnée est bonne, mais le temps est maussade, comme hier, avec toutefois plusieurs éclaircies bienvenues. Les vues sur les petits fjords, les Sjuäurfiräir sont magnifiques. On sent ici fort bien, dans les hautes landes, la nature sauvage et rude de la région, vide et grandiose à la fois. A peine de rares fermes isolées et, bien entendu, nulle part où se ravitailler.

Puis vient la descente en lacets vers le Borgarfjöräur où la vue de la chute de Dynjandi est absolument admirable, c'est sans doute l'une des plus belles que nous ayons vues. La cascade n'est pas puissante, elle ne se projette pas non plus d'un seul jet dans le vide, mais elle glisse en large et souple éventail sur le rocher lisse, s'élargissant du haut vers le bas. Absolument magnifique. On l'appelle ici le « voile de la mariée ».

Avant de quitter l'Arnarfjöräur, le petit hameau de Hrafnseyri a quelque chose de particulier. C'est ici que se trouve la maison natale de Jón Sigurässon, le « père de la nation », né en 1811 alors que l'Islande, sous la dure domination du Danemark, était abusivement exploitée et dans une profonde misère. Il a consacré sa vie à libérer son pays de ce joug, en réussissant à faire rétablir l'Alþing avec voix consultative, puis abolir le monopole commercial danois et obtenir en 1874 un statut d'autonomie et une Constitution. Mais l'Islande indépendante n'est toutefois née qu'en 1944. Le jour de naissance du grand homme, le 17 juin, est celui de la fête nationale.

La route traverse maintenant vers le nord la péninsule des « Alpes islandaises ». Les sommets ne culminent certes qu'à environ mille mètres, mais il paraît qu'en hiver, la rudesse du paysage ne le cède en rien aux Alpes du continent. Le ciel est gris, les nuages traînent sur les pentes. Tout en bas, au bout de la descente, il y a Thingeyri, notre étape.

La maison d'hôtes près du fjord (« Viä Fjöräinn ») est fermée quand nous arrivons. Sur la porte, un numéro de téléphone est affiché. Mais nous n'avons pas de portable (eh oui, ça existe encore …). Nous nous pointons alors à la station-service-épicerie pour téléphoner et profiter de l'occasion pour passer au jet la voiture

Cascade de Dynjandi, le « voile de la mariée »

entièrement recouverte de boue après le trajet sous la pluie. Retour à la maison d'hôtes où la dame, qui habite la maison en-dessous, nous attend. La chambre est correcte, il est vrai, mais l'ambiance affreusement triste et vide. Ce qui fait qu'au lieu de rester deux nuits comme prévu à l'origine, nous n'y passerons qu'une seule.

Par contre, il y a le café Simbahöllin. C'est une jolie petite maison ancienne, une petite salle, un accueil adorable et des gaufres divines avec de la confiture de rhubarbe et de la crème fouettée. Par malchance, les touristes étant pour la plupart déjà partis, le café ne sert plus de repas du soir et ferme à six heures.

Le seul restaurant ouvert est celui de l'hôtel Sandafell, lequel est visiblement vide de touristes, comme le reste de l'établissement. Absolument seul à bord, le patron nous reçoit très gentiment. Il s'affaire immédiatement à la cuisine et nous sort un très bon petit repas, puis s'installe à côté de nous pour bavarder. Nous avons passé ainsi une excellente soirée avant de retourner coucher dans notre triste maison d'hôtes.

Mardi 26 août

Sur le versant sud du Dýrafjöräur se trouve la ferme de Myrar (« marais ») qui exploite une très grande colonie d'eiders dont le duvet est considéré comme le meilleur … et le plus cher.

La route 60 passe alors dans les Gemlufallsheiäi, une haute lande à 280 mètres d'altitude seulement qui ressemble cependant à une vallée des Alpes. Cette région est l'une de celle décrite dans la saga de Gisli Sýrsson, un héros du 10e siècle qui devait tuer un beau-frère pour venger un autre et devint ainsi hors-la-loi. Les bergers qui y gardaient autrefois des moutons devaient supporter de très longs hivers, sans personne à qui parler, si ce n'est aux fantômes hantant ces lieux.

Traversée de l'Önundarfjöräur sur une digue qui raccourcit le trajet, puis nous parvenons au Vestfjaräagöng, le tunnel qui évite l'un des cols les plus redoutables de la région, fermé pendant une bonne partie de l'année et dangereux même en été. Ce tunnel, le plus

Modeste église au bord de l'eau

Ferme au toît de tourbe avec grange

long d'Islande, date de 1996 et comporte trois branches qui totalisent plus de 9 kilomètres avec un carrefour souterrain au milieu, une composition sans doute unique au monde. La plus grande partie est à une seule voie peu éclairée, mais comme la circulation est faible et que les places d'évitement sont fréquentes, on y circule très facilement.

Voici Isafjöräur, la « capitale » des fjords de l'Ouest, environ 4000 habitants. Nous pensions loger à l'hôtel Horn dans la grand-rue, mais il n'ouvre qu'à 16 h. On nous dirige sur l'hôtel Isafjöräur pour nous inscrire, c'est semble-t-il la même société. Ce dernier est bien meilleur, avec vue sur la rade et à peine plus cher. Nous n'hésitons pas à y rester.

Isafjöräur est logée sur une longue langue de terre dans le fjord. La rue centrale est agréable à contempler, mais à peu de distance, les entrepôts dominent un peu trop. Autrefois, la pêche était la principale activité comme ailleurs sur les côtes d'Islande. Ces dernières années cependant, les quotas que l'on a diminué pour éviter la surpêche ont sérieusement modifié la situation. Certes, la pêche et la valorisation du poisson par congélation et mise en conserve ont toujours une importance, mais d'autres activités, notamment dans le domaine de l'électronique, sont de plus en plus présentes et permettent d'équilibrer les budgets.

Le soleil n'est de loin pas couché et le temps est convenable, nous faisons donc une petite excursion à Bolungarvik par un tunnel de quelque 5 kilomètres de long. Il paraît que juste après la dernière guerre encore, le passage terrestre et piétonnier d'une localité à l'autre était terriblement risqué, un câble fixé à la paroi permettait de passer les endroits les plus difficiles. La route construite plus tard à la dynamite n'était guère plus rassurante en raison de fréquentes chutes de pierre. Le tunnel a complètement changé les choses, la communication est désormais facile.

Bolungarvik est l'un des plus anciens sites habités d'Islande, une station de pêche datant du tout début de la colonisation par les Vikings, car le vaste et profond fjord où se mêlent les eaux est remarquablement poissonneux.

Un brin de soleil, côte découpée, brume et ciel gris, c'est l'Islande

Maison coquette d'Isafjöräur

Mercredi 27 août

Jour calme aujourd'hui, nous nous bornons à faire une petite excursion à Suäureyri par le tunnel en Y décrit plus haut. Jusqu'à la percée du tunnel, le petit Sugandafjörður était l'un des plus isolés d'Islande, d'accès très pénible par la terre, la piste périlleuse restant fermée les trois quarts de l'année.

Au village très coquet de Suäureyri, la pêche est toujours l'activité principale et tout le confirme. L'autobus porte en grandes lettres la marque locale « Fisherman », l'usine de traitement du poisson est bien présente, une légère odeur typique plane, un graffiti délicat sur un mur blanc souligne la position privilégiée de l'endroit parmi les pêcheries islandaises.

Un peu au-delà, la route devient piste et conduit à une vallée verdoyante, terre de pâturages, pourtant assez désertée de nos jours, semble-t-il. L'un des problème de l'Islande est le dépeuplement des campagnes en faveur de la ville.

Hormis à la station-service, nous ne voyons nulle part où prendre ne serait-ce qu'un café. Ce qui fait que nous rentrons à Isafjöräur. De toute façon, le vent assez froid et le ciel maussade ne nous incitent pas à trop nous attarder.

Jeudi 28 août

Un paquebot est amarré. Vue insolite que ce monstre qui ne va rester que quelques heures, le temps pour ses quelque 3000 passagers de se répandre dans les zones de « shopping » pour pouvoir se vanter ensuite d'avoir « fait l'Islande ». Quant à nous, nous allons « faire le Djýp », c'est-à-dire la route 61 vers l'est qui fait toute la longueur de l'Isafjaräaräjýp, appelé communément Djýp, et de sa succession de fjords qu'elle contourne chaque fois scrupuleusement.

Sur la côte du premier, l'Alftafjödur, Suäavik est un riche petit village de 200 âmes qui est dédié à la pêche et spécialisé dans la crevette. En 1995, une avalanche a dévasté le centre du village et tué 24 personnes, ce que commémore un monument sur le site de la

Coin de port àa Suäureyri

Freddy, le renard arctique de Suäavik

catastrophe. Maintenant, le village est partagé en deux, d'un côté le village nouveau situé à l'abri des avalanches et où les habitants ont déménagé, de l'autre côté ce qui reste de l'ancien village, aménagé pour recevoir les touristes en été.

Suäavik possède un centre qui s'occupe des renards polaires ou arctiques, les seuls mammifères terrestres qui étaient arrivés en Islande durant la période glaciaire, bien avant l'arrivée des hommes. Le professeur Pall Hersteinsson de l'université d'Islande est à l'origine de ce projet qui vit le jour il y a peu grâce aux contributions des donateurs de la région des fjords de l'Ouest. On y apprend que le renard est brun en été et se pare d'une fourrure supplémentaire blanche en hiver qui lui permet de résister à un froid de jusqu'à moins 50°C. Dans un enclos vit Freddy, un renard orphelin devenu mascotte du centre.

A Suäavik se tiendra dans quinze jours le festival des myrtilles avec une compétition de consommation de tartes. Il faut savoir que la myrtille est LE fruit d'Islande que l'on sert souvent ici, dans les tartes, en confiture au petit déjeuner et sous forme de sauce dans différents plats.

La route suit gentiment la côte. A la pointe entre le Hestfjöraur et le Skötufjöraur, voici une colonie de phoques, bien plus proche que la précédente. Ils sont paresseusement étalés sur les rochers et profitent de la température clémente. En face, on aperçoit la côte surmontée au loin du glacier Drangajökull. Cette côte abritait autrefois quelques fermes dont les habitants mi-paysans mi-pêcheurs tiraient une maigre subsistance. La région est maintenant presque déserte et plutôt visitée par l'écotourisme.

Au Mjóifjöraur, une digue permet de raccourcir le trajet. Mais en l'ignorant et en suivant la route 631, on voit bientôt un écriteau annonçant le Country Hotel Heydalur. Il s'agit d'une ancienne ferme, développée et aménagée, dont la grange a été transformée en restaurant assez écolo et drôlement sympa. La tenancière, Stella Guðmundsdóttir, offre avec sa famille et l'assistance de quelques jeunes en vacances, non seulement le gîte et le couvert, mais également des randonnées équestres, des circuits en kayak, des tours

La côte inhabitée d'en face

Phoques au repos

d'observation d'oiseaux, etc. L'eau chaude alimente une piscine couverte et, en pleine nature au-delà du camping, une baignoire naturelle. Un petit renard apprivoisé s'intéresse aux visiteurs.

Il y a du monde, c'est animé, on mange bien, et les chambres de toutes catégories sont parfaites. Nous y passons une excellente soirée et la nuit en confort, de quoi vivement recommander cet hébergement aux voyageurs.

Vendredi 29 août

Nous reprenons le « Djýp » vers l'est. Après le petit hameau de Reykjanes, la route file jusqu'au fin fond de l'Isafjöräur pour revenir de l'autre côté du fjord et finalement quitter la mer, traverser la lande de Steingrímsfjarðarheiði pour rejoindre la côte est de la grande péninsule des fjords de l'Ouest.

Nous avions entendu parler de Drangsnes et de l'île de Grimsey toute proche, habitée par quelque 80 000 macareux. Malheureusement, le temps est bien gris, les touristes sont partis, le village paraît mort et il faut oublier les excursions à l'île. Les deux piscines en plastique, supermodernes sur les rochers, offrent un spectacle assez désolant.

L'hôtel Finna à Holmavik est plutôt un guesthouse, très correct et presque vide. Pour le dîner, la tenancière nous recommande le café Riis sur la place. Alors là, il semble bien que tous les habitants de la région se sont donné rendez-vous. Le café est archiplein de gens en goguette, il paraît qu'il s'agit d'une fête, mais nous n'avons pas très bien compris de quoi. Il n'empêche que c'est vivant, bruyant, bon enfant et très convivial. On nous a trouvé par miracle une petite table dans un coin. Pas de carte aujourd'hui, il s'agit de ne pas compliquer, c'est le même menu pour tous, mais un menu de fête et beaucoup, beaucoup d'ambiance.

Dans une baraque du port, il y a un petit musée des sorciers et de la sorcellerie. Dans cette région d'Islande très éloignée de la « civilisation » et aux hivers prolongés, cette activité fleurissait au cours des siècles derniers, elle était aussi la plus sévèrement

L'amusant petit renard d'"Heydalur

Sur le camping d'Heydalur

réprimée. De nombreux sorciers et sorcières ont ainsi été punis et exécutés. Un guide écrit (en français aussi) retrace l'histoire et conte une série d'anecdotes. Intéressant et touchant.

Samedi 30 août

Nul ne sait pourquoi, mais François éprouve ce matin des problèmes cardiopulmonaires. Le moindre effort déclenche de l'essoufflement pour plusieurs minutes. Nos hôtes sont inquiets et téléphonent. Le docteur Guämundur Sigurässon vient du dispensaire tout proche avec sa sacoche. Pouls, tension, auscultation, discussion. Il propose de doubler immédiatement la quantité de diurétique et de le rappeler si cela ne va pas mieux au bout d'une heure. De toute façon, si nous pouvons partir, c'est doucement, gentiment, sans aller voir autre chose que le prochain hôtel.

Eh oui, cela va bien mieux. De sorte que nous pouvons quitter nos hôtes et repartir sur la route. Comme prescrit, deux heures en voiture suffisent effectivement pour la journée.

A quelques kilomètres de la jonction avec la route circulaire n°1, le Country Hotel Hraunsnef près de Bifröst est fort agréable et offre surtout une très bonne table. Pas question toutefois d'aller se promener alentour aujourd'hui. Pourtant, à 2 kilomètres au sud se dresse le volcan Grabrok, âgé de quelque 3 000 ans. On peut y monter par un sentier, la vue du sommet est paraît-il splendide. A 5 kilomètres, la chute Glanni offre un beau spectacle, de même que le « Creux du Paradis », une oasis de verdure le long de la rivière.

Le soir, malgré l'émotion du matin et grâce au bon aspect des mets, l'alerte du matin n'est plus qu'un mauvais souvenir.

Dimanche 31 août

Nous continuons toujours en nous ménageant au mieux. D'ailleurs, le temps n'invite pas à la balade, les formations de nuages gris et noirs sont magnifiques et arrosent parfois copieusement la voiture. Tout juste un petit détour pour voir Akranes qui est paraît-il une

Brebis et ses petits

Lors de la rentrée vers Reykjavik

escale intéressante avec une bonne plage. On veut bien le croire, mais l'endroit nous paraît triste à pleurer, avec passablement d'industrie, très peu convivial. Mais il faut admettre que le soleil n'est pas présent.

Nous arrivons dans l'après-midi à Reykjavik, hôtel 4th Floor (il est effectivement au 4e étage). Pas folichon, mais bien entretenu par une Philippine et sa famille.

Avant de quitter l'Islande, nous souhaitons nous payer le repas du soir dans un endroit réputé, en l'occurrence le Fiskfélagiä, n°6 de 300 restaurants de la ville sur Tripadvisor. Dommage, comme si souvent pour se faire valoir, le cuisinier opte pour la sophistication et les ingrédients multiples au mépris du vrai goût. Décevant.

Lundi 1er septembre

En voiture encore jusqu'à l'aéroport de Keflavik. Puis nous prenons Icelandair pour Copenhague et Swiss pour Genève.